兒童文學叢書
‧文學家系列‧

軟心腸的狼

命運坎坷的傑克‧倫敦

喻麗清／著　錢繼偉、鄭凱軍／繪

三民書局

國家圖書館出版品預行編目資料

軟心腸的狼:命運坎坷的傑克‧倫敦／喻麗清著;
錢繼偉,鄭凱軍繪.－－初版二刷.－－臺北市:三
民,2005
　　面;　　公分.－－(兒童文學叢書.文學家系列)

ISBN 957-14-2844-2　(精裝)

859.6　　　　　　　　　　　　　　　87005632

網路書店位址　http://www.sanmin.com.tw

© 軟心腸的狼
　　——命運坎坷的傑克‧倫敦

著作人　喻麗清
繪圖者　錢繼偉　鄭凱軍
發行人　劉振強
著作財
產權人　三民書局股份有限公司
　　　　臺北市復興北路386號
發行所　三民書局股份有限公司
　　　　地址／臺北市復興北路386號
　　　　電話／(02)25006600
　　　　郵撥／0009998-5
印刷所　三民書局股份有限公司
門市部　復北店／臺北市復興北路386號
　　　　重南店／臺北市重慶南路一段61號
初版一刷　1999年2月
初版二刷　2005年7月
編　號　S 853961
定　價　新臺幣參佰伍拾元整
行政院新聞局登記證局版臺業字第○二○○號

ISBN　957-14-2844-2　　(精裝)

閱讀之旅
（主編的話）

　　很早就聽說過藝術大師米開蘭基羅、梵谷、莫內、林布蘭、塞尚等人的名字；也欣賞過文學名家狄更斯、馬克‧吐溫、安徒生、珍‧奧斯汀與莎士比亞的作品。

　　可是有關他們的童年故事、成長過程、鮮為人知的家居生活，以及如何走上藝術、文學之路的許許多多有趣故事，卻是在主編了這一系列的童書之後，才有了完整的印象，尤其在每一位作者的用心創造與撰寫中，讀之趣味盈然，好像也分享了藝術豐富的創作生命。

　　為孩子們編書、寫書，一直是我們這一群旅居海外的作者共同的心願，這個心願，終於因為三民書局的劉振強董事長，有意出版一系列全新創作的童書而宿願得償。這也是我們對國內兒童的一點小小奉獻。

　　西洋文學家與藝術家的故事，以往大多為翻譯作品，而且在文字與內容上，忽略了以孩子為主的趣味性，因此難免艱深枯燥；所以我們決定以生動、活潑的童心童趣，用兒童文學的創作方式，以孩子為本位，輕輕鬆鬆的走入畫家與文豪的真實內在，讓小朋友們在閱讀之旅中，充分享受到藝術與文學的廣闊世界，也拓展了孩子們海闊天空的內在領域，進而能培養出自我的欣賞品味與創作能力。

　　這一套書的作者們，都和我一樣對兒童文學情有獨鍾，對文學、藝術更是始終懷有熱誠，我們從計畫、設計、撰寫、到出版，歷時兩年多才完成，在這之中，國內國外電傳、聯絡，就有厚厚一大冊，我們的心願卻只有一個──為孩子們寫下有趣味、又有文學性的好書。

　　當世界越來越多元化、商品化的今天，許多屬於精神層面的內涵，逐漸在消失、退隱。然而，我始終牢記心理學上，人性內在的需求──求安全、溫飽之後更高層面的精神生活。我們是否因為孩子小，就只給與溫飽與安全，而忽略了精神陶冶？文學與美學的豐盈世界，是否因為速食文化的盛行

而消減？這是值得做為父母的我們省思的問題，也是決定寫這一系列童書的用心。

　　我想這也是三民書局不惜成本、不以金錢計較而決心出版此一系列童書的本意。在我們握筆創作的過程中，最常牽動我們心思的動力，就是希望孩子們有一個愉快的閱讀之旅，充滿童心童趣的童年，讓他們除了溫飽安全之外，從小就有豐富的精神食糧，與閱讀的經驗。

　　最令人傲以示人的是，這一套書的作者，全是一時之選，不僅在寫作上經驗豐富，在文學上也學有專精，所以下筆創作，能深入淺出，饒然有趣，真正是老少皆喜，愛不釋手。譬如喻麗清，在散文與詩作上，素有才女之稱，在文壇上更擁有廣大的讀者群；韓秀與吳玲瑤，讀者更不陌生，韓秀博學用功，吳玲瑤幽默筆健，作品廣受歡迎；姚嘉為與王明心，都是外文系出身，對世界文學自然如數家珍，筆下生花；石麗東是新聞系高材生，收集資料豐富而翔實；李民安擅寫少年文學，雖然柯南・道爾非世界文豪，但福爾摩斯的偵探故事，怎能錯過？由她寫來更加懸疑如謎，趣味生動。從收集資料到撰寫成書，每一位作者的投入，都是心血的結晶，我衷心感謝。由這一群對文學又懂又愛的人來執筆寫文學大師的故事，不僅小朋友，我這個「老」朋友也讀之百遍從不厭倦。我真正感謝她們不惜時間、心血，投入為孩子寫作的行列，所以當她們對我「撒嬌」：「哇！比博士論文花的時間還多」時，我絕對相信，也更加由衷感謝，不僅為孩子，也為像我一樣喜歡文學的大孩子們，可以欣賞到如此圖文並茂，又生動有趣的童書欣喜。當然，如果沒有三民書局的支持、用心仔細的編輯，這一套書是無法以如此完美的面貌出現的。

　　讓我們一起——老老小小共同享受閱讀之樂、文學藝術之美，也與孩子們一起留下美好的閱讀記憶。

　　沒看過《野性的呼喚》這本書的人，大概也看過由這本書拍成的電影。要不然就是《白牙》，或者《海狼》，聽說過嗎？若是連那電影也沒看過，大概多少會知道美國有個作家最會寫人跟狗啦，人跟狼啦，怎樣在大自然間搏鬥、怎樣掙扎著求生存的故事。

　　那個作家就是傑克‧倫敦。他二十歲開始寫作，四十歲去世，可是卻寫了五十本書，而且有很多本都是暢銷書，一直到現在還不斷有人拿來拍電影。

　　我小時候知道的美國作家只有一個——馬克‧吐溫，因為他的文章看得出來對中國人十分友善。傑克‧倫敦卻是我來到美國後才熟悉的，他對中國人不很友善，但我卻沒辦法不知道他。

　　他生在舊金山，長在奧克蘭，死在索羅馬，這三個地方我都熟悉之至，因為我現在住的地方離這三個城市都不遠。說緣份，沒有人比我跟他更有緣的。有一回帶朋友去索羅馬看他的墓園時，還在書店內巧遇他的小女兒——都已經是個八十多歲的老太太了，真有意思。

　　不過，傑克‧倫敦的生平比他的小說更像小說。他從小在貧民窟裡忍飢挨餓，青少年時又在

強盜、小偷當中混，如果不是因為愛上文學，我想他很可能會成為流氓或罪犯之類的人。為了要當作家的崇高目標，他一直努力上進，從不因環境的困苦而改變志向。他付出的心血與毅力，實在令人感動。

不是每個人一生下來，命運就被決定了。靠自己不懈的努力，還是可以改變它的。傑克‧倫敦，他就是一個最好的榜樣。

俞莉清

傑克・倫敦

Jack London

1876〜1916

美國人有句俗話說：「如果你拿到一個檸檬，不妨把它變成檸檬水。」

「檸檬」在美國是不如意的代名詞，譬如：你買了一部新車，才一上路，毛病就來了，不是馬達不對就是車燈不亮，人家就會說你買到「檸檬車」了。

他們那句俗語的意思是說：人生中會遇到許多不如意的事，可是不要氣餒，最好是想法子把那不如意變成還可以過得去的好處。

你以為買到檸檬車很倒霉，是不是？可是，就像「早上抱怨沒鞋穿，晚上看見有人沒腳」一樣，有的人生來是個「檸檬人」呢。譬如：海倫‧凱勒，眼睛檸檬（盲）；拿破崙，個子檸檬（矮）；而傑克‧倫敦，他的身世真是檸檬。

「英雄不怕出身低」。傑克‧倫敦雖然算不上是個非常偉大的作家，但他由一個缺乏溫暖、赤貧如洗的家庭，力求上進，終於在寫作世界裡，把自己變成一個英雄式的典範。

他從二十歲開始寫作，四十歲去世，短短二十年的寫作事業中，卻一共寫了五十本書，他對寫作的狂熱與所付出的精力是多麼的驚人啊！

1. 赤貧的童年

傑克・倫敦，這是他的筆名。他本名：約翰・倫敦，這原是他養父的名字，可是他真的本名應該是什麼，他自己也不知道。真的，他生下來是不得已的。

他的生父是誰，他母親生前從來不提。等到他二十歲出名之後，他才到處打聽，要找他的親生父親。好不容易找到了，誰知道那個人竟矢口否認。如果你知道他母親是個什麼樣子的女人，你就不會奇怪人家怎麼會抵死不認賬了。

傑克・倫敦的母親，原來是

俄亥俄州的富家千金，從小就被寵壞了。因為得過傷寒病，個子奇矮，不但長得醜，而且禿頭，終生都要戴假髮。因為跟繼母不合，二十五歲時離家出走，後來才輾轉來到舊金山。平時以教授鋼琴、替人算命並做些縫補的零工為業。她的性情古怪、喜怒無常，並且生活在那些貧民當中，還有白人的優越感。這對傑克・倫敦的影響很大，使他後來一直都有一點種族歧視的傾向。

傑克・倫敦自小半信半疑的聽母親訴說她的身世，要說母親說的是謊話呢，又不像，因為母親確實讀過許多書還會彈鋼琴，如果說那不是謊言呢，怎麼家裡會赤貧到連吃飯都常常有問題？有時候，他忍不住會問：

「那我的外祖父、外祖母是誰？」

這時，他的母親就會大發脾氣。

於是，傑克・倫敦就不敢再多問半句了。不過，無論如何，他從小耳濡目染，對於說故事就非常的天才起來。

他一生下來，母親就把他寄養在黑人奶媽那裡，一直到他八個月大的

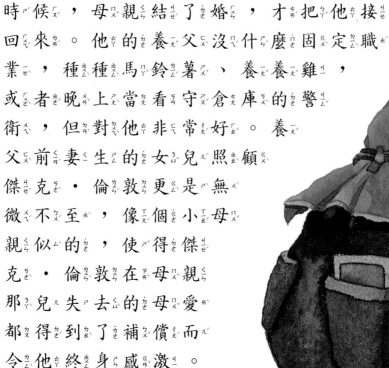

時候，母親結了婚，才把他接回來。他的養父沒什麼固定職業，種種馬鈴薯、養養雞，或者晚上當看守倉庫的警衛，但對他非常好。養父前妻生的女兒照顧傑克·倫敦更是無微不至，像個小母親似的，使得傑克·倫敦在母親那兒失去的母愛都得到了補償而令他終身感激。

自這位姐姐出嫁後，母親愈來愈神經，還自稱能跟死人通靈，傑克·倫敦和他的養父經常要逃出家門才得安寧。所以，傑克·倫敦自有記憶起，大概就跟著他的養父進出那些酒店之類的半下流社會了。這就是

後來傑克·倫敦寫的書，許多都是那些工人、酒徒、窮人的生活，使得他儼然成為美國「無產階級」的代言人。

傑克·倫敦長得很矮小，一方面也許是母親的遺傳，一方面也因他小時候總是經常挨餓。正因為他對飢餓的痛苦，不是想像出來的，而是親身的經歷，所以後來他說，在野外寫一篇小說，一個

為什麼後來有許多都是那些工人的生活裡

迷路的人，那種到處找東西吃的心情和吃樹皮草根一吃就吐的樣子，非常深刻，叫人讀了既難受又難忘，尤其是後來那個人被救之後，每天一定要偷幾塊餅乾藏在枕頭底下才睡得著的情節，更是令人感動。這些都不是普通作家憑想像就能寫得出來的。

可是，他窮是窮，卻非常好學，雖然正規學校不能上，但最愛上圖書館借書。因為每個圖書館都有規定借書的數目，對他來說實在不夠看，所以他一直以擁有四張借書證為豪（他用家裡每個人的名字去申請來的）。現在，還有人開玩笑的說：傑克‧倫敦上圖書館借書的次數，可以上金氏世界紀錄。可見傑克‧倫敦是多麼的喜歡讀書，他曾對他姐姐說：

「書像一面窗子，從那兒我可以看到外面的世界。將來我如果有錢買房子，我要有一大間房間專門放書。」

他從小神遊在書海中，書帶給他安慰也帶給他幻想，但從來沒有夢想到：最後自己也成了寫書的作家，而且是個因寫書而賺很多錢很多錢的作家。

　　他ㄊㄚ雖ㄙㄨㄟ然ㄖㄢˊ生ㄕㄥ在ㄗㄞˋ舊ㄐㄧㄡˋ金ㄐㄧㄣ山ㄕㄢ，但ㄉㄢˋ常ㄔㄤˊ常ㄔㄤˊ沒ㄇㄟˊ錢ㄑㄧㄢˊ付ㄈㄨˋ房ㄈㄤˊ租ㄗㄨ被ㄅㄟˋ房ㄈㄤˊ東ㄉㄨㄥ趕ㄍㄢˇ走ㄗㄡˇ，所ㄙㄨㄛˇ以ㄧˇ東ㄉㄨㄥ搬ㄅㄢ西ㄒㄧ搬ㄅㄢ老ㄌㄠˇ是ㄕˋ在ㄗㄞˋ搬ㄅㄢ家ㄐㄧㄚ，後ㄏㄡˋ來ㄌㄞˊ是ㄕˋ在ㄗㄞˋ奧ㄠˋ克ㄎㄜˋ蘭ㄌㄢˊ長ㄓㄤˇ大ㄉㄚˋ的ㄉㄜ。

　　奧ㄠˋ克ㄎㄜˋ蘭ㄌㄢˊ跟ㄍㄣ舊ㄐㄧㄡˋ金ㄐㄧㄣ山ㄕㄢ相ㄒㄧㄤ距ㄐㄩˋ不ㄅㄨˋ遠ㄩㄢˇ，中ㄓㄨㄥ間ㄐㄧㄢ只ㄓˇ隔ㄍㄜˊ著ㄓㄜ˙一ㄧ個ㄍㄜˋ海ㄏㄞˇ灣ㄨㄢ，那ㄋㄚˋ時ㄕˊ候ㄏㄡˋ還ㄏㄞˊ沒ㄇㄟˊ有ㄧㄡˇ跨ㄎㄨㄚˋ海ㄏㄞˇ大ㄉㄚˋ橋ㄑㄧㄠˊ，往ㄨㄤˇ來ㄌㄞˊ都ㄉㄡ靠ㄎㄠˋ船ㄔㄨㄢˊ隻ㄓ。傑ㄐㄧㄝˊ克ㄎㄜˋ‧倫ㄌㄨㄣˊ敦ㄉㄨㄣ常ㄔㄤˊ

到碼頭上晃蕩，拿本書，望望大海，作作白日夢。好心的漁夫時常在漁船靠岸清貨時，丟給這個熱心搶著要來幫忙的小孩幾條活魚。這時，他就會歡天喜地提著魚飛奔回去，不但享受一頓飽餐，也享受了人間的溫情。那時，他還沒有學壞。

　　現在，奧克蘭的海邊就有一個商業中心用他的名字來命名，叫做「傑克‧倫敦廣場」，是到舊金山來玩的人除了舊金山之外的旅遊重點之一。每年傑克‧倫敦生日的那一天，歐洲來的觀光客絡繹不絕，一車一車的到這裡來憑弔，跟他的銅像合照，參觀他的紀念館。其實，美國人自己反而不怎麼看重他。這個傑克‧倫敦廣場還是因為他百歲誕辰時，歐洲人跑到這裡來開紀念會，引起奧克蘭本地人的注意，讓他們覺得非常慚愧，所以才斥資興建的。奧克蘭這個城市，不瞞你說，它的犯罪率是全美國數一數二的。

　　為什麼歐洲人這麼喜歡傑克‧倫敦呢？你問他們最熟悉的美國作家是誰，他們還不一定說馬克‧吐溫呢，但傑克‧倫敦，誰都知道一點。甚至有一次，蕭伯納在接受記者的訪問時都曾開玩笑的說：

　　「如果你要誇我的話，就稱我是英國的傑克‧倫敦好了。」

　　當然，傑克‧倫敦有一本《深淵下的人們》（一九○三年）就是特地到

英國的工廠實地打工所寫的，這也是原因之一，但主要原因是：傑克‧倫敦一直是個社會主義的擁護者。

當時的美國，作家最忌諱寫的題材有三種：一是社會主義，二是進化論，三是女人的大腿。而傑克‧倫敦除了第三種外，他都偏愛。他是那種善於用個人的生活經驗來編故事的作家。基本上，美國是資本主義國家，歐洲是社會主義國家。資本主義是希望大家都有錢，社會主義則是希望大家都有飯吃。傑克‧倫敦從小沒有飯吃，他怎麼會不去擁護社會主義呢？

那時在美國，為共產主義說話是犯法、要坐牢的，社會主義嘛，還可以忍受，但忍受的程度也很有限。他整天在街上像個流浪兒似的，這裡看看熱鬧，那裡道聽塗說。有一天，他還看到有個人在街頭演講，被警察抓走。起先只是好奇，後來他漸漸的對「主義」有了極大的興趣。

從他做了有名的作家開始，一直到死，他收集全世界有關社會主義的論文、書籍和雜誌不遺餘力。如今，他的個人收藏，有些研究這方面的學

者ㄓㄜˇ都ㄉㄡ嘆ㄊㄢˋ為ㄨㄟˊ觀ㄍㄨㄢ止ㄓˇ。

　　小ㄒㄧㄠˇ學ㄒㄩㄝ一ㄧ畢ㄅㄧˋ業ㄧㄝˋ，他ㄊㄚ就ㄐㄧㄡˋ開ㄎㄞ始ㄕˇ正ㄓㄥˋ式ㄕˋ賺ㄓㄨㄢˋ錢ㄑㄧㄢˊ養ㄧㄤˇ家ㄐㄧㄚ了ㄌㄜ，他ㄊㄚ什ㄕˊ麼ㄇㄜ零ㄌㄧㄥˊ工ㄍㄨㄥ都ㄉㄡ做ㄗㄨㄛˋ過ㄍㄨㄛˋ，在ㄗㄞˋ自ㄗˋ傳ㄓㄨㄢˋ體ㄊㄧˇ的ㄉㄜ小ㄒㄧㄠˇ說ㄕㄨㄛ中ㄓㄨㄥ他ㄊㄚ曾ㄘㄥˊ說ㄕㄨㄛ:「我ㄨㄛˇ十ㄕˊ二ㄦˋ歲ㄙㄨㄟˋ就ㄐㄧㄡˋ已ㄧˇ經ㄐㄧㄥ

做過一百○一種工作了。」幽默之下，無比的辛酸呢。

他還曾在學校裡當過校工，人家下了課去玩，他卻埋頭打掃教室、洗刷廁所。後來，他女兒上了同一所中學，校長請他去演講，他說：

「這個學校裡頭，每塊玻璃我都擦過，每間教室的地我都抹過，因為我從前在這裡當過最年輕的校工。」

每個學生聽了都拼命的鼓掌，他的女兒激動得眼淚都淌了下來，因為她知道爸爸的成功不是偶然，那是他辛辛苦苦努力得來的。

2. 坎坷的少年

傑克‧倫敦其實從來就沒有過少
年時期，貧苦把他磨練得從小就像個

大人。

　　十三歲時，他就當了全職工人，上的是夜班。在一家工廠把醃好的酸黃瓜裝瓶，每小時一毛錢，晚上九點上到隔天清晨九點，時常加班也沒什麼加班費。工廠裡都是些童工，大家一起做工時倒也沒什麼不平之氣，可是當他們下工時，看著老闆的女兒穿得漂漂亮亮的騎馬經過工廠門口時，

傑克‧倫敦就很傷心。他覺得這個社會一定有什麼問題，怎麼富的人那麼富而窮的人這麼窮呢？自己要做到什麼時候才有可能過好日子呢？

那時，奧克蘭有個搶蠔黨，是個不良幫派組織，專門去偷盜政府保護下的蠔蚌養殖場裡的漁產。搶蠔黨的壞人看上了傑克‧倫敦。這一點也不奇怪，這個青少年，又聰明又伶俐，給他們把風真是最理想的人了，尤其是他未成年，就算是被警察抓了也不會坐牢，頂多送他去感化院。所以，不久他們就收買了傑克‧倫敦，專門替他們在搶蠔時把風。這錢賺得太容易，工廠的工作當然就不做了。

不久，他存了

跟奶媽借了一點錢，還湊了點兒，買了條船，他成了海上的海盜。漸漸的，他勇鬥狠，什麼壞事都做，吃喝嫖賭樣樣學會了，還染上酒癮，被封為「盜王子」，成了黨老大的樣子，那時他才十六歲。

可是，他到底不是個沒思想的人，看著這輕易賺來的錢，左手進右手出，大吃大喝大玩大賭的，就不是上流社會，也照樣進不了。而且，看著黨裡的哥兒們，不是

進了監獄就是變成流落街頭的酒鬼，他想：

「我難道也要這樣過一輩子嗎？」

終於，他也被捕了。警官看他年輕有為、面目清秀，就好說歹說，要他改邪歸正，並且跟他講好了條件：只要他肯來替海岸巡邏隊工作，不但不會送他入獄，還請他當副警長——並不給他薪水，但每次捕到非法捕魚的人，他都可以得到一半的獎金。因此，他由海盜搖身一變、成了執法人員。

那時候，有不少中國人到美國來修築美國東西橫貫鐵路，鐵路修築完畢而失了業的中國人，有些留在奧克蘭打漁為生。大多數是捕蝦的，他們捕了蝦，大的拿到市場去賣，小的晒乾做成蝦米、還想法子運回中國去。當然，其中也有些不法之徒。傑克・倫敦就寫過一篇小說是他當巡邏警官時追捕中國漁民的故事，雖然他筆下對中國人的描寫都不大尊敬。

不過，他也寫過一個叫阿周的修鐵路的工人，因為被白人欺負而不明不白的給人當作阿趙槍斃掉的故事。

阿周和阿趙，白人根本搞不清楚，最令人痛心的是白人也不在乎弄不弄得清楚。這些，如果不是他寫了下來，我們又怎會知道？因此相信他寫時必定是出於對中國人的同情。基本上，對於弱小貧困的人，他比較偏心。有人說他歧視亞洲人，但別忘了，他所處的時代，是「排華」（要把中國人趕回中國去）風氣正盛的時候。

在搶蠔的日子當中，雖然錢賺得很不體面，但他學到對朋友要講義氣；當了警官，雖然很夠面子，卻常常要出賣朋友。這工作也不大對勁。

有一天，他在碼頭剛好看見一艘要開往日本橫濱的漁船，正在招水手。日本？讀了那麼多書上的日本，怎麼就沒想到親自去看看呢？而且還可以就此結束那個專對的痛苦工作。於是，十七歲的傑克‧倫敦，就這樣當了水手。（後來，傳記作家爾文‧史東為他所寫的傳記就叫做「馬背上的水手」。）

當水手給了傑克‧倫敦許多日後

寫作的題材，但是當時他並不知道。
回來後，時常跟別人吹牛的，也只是
在快到日本時，海上遇到大颱風的緊
張刺激而已。不久，他又回到工廠，
還是做一毛錢一小時的工。可是，他
母親有一天看見報上徵文：寫一件最
難忘的事，兩千字，第一名可以贏得
二十五元獎金，就對他說：

「你光會吹牛，吹來吹去又不能

當飯吃，不如寫下來寄去試試運氣。」

那已是截稿的前兩天了。傑克‧倫敦上完了夜班回來，苦撐著在打字機前寫起來，頭一天就寫了兩千字，第二天又寫了兩千字，最後還忍痛刪去了兩千字才寄給報社。他沒想到，寫稿原來也不是很難嘛，更想不到的是他竟得了第一名。那二十五元的獎金，他倒沒有他母親那麼在乎，可是第二名的是個史丹福大學的學生，而第三名是柏克萊加州大學的，這給了他無比的信心與驕傲：因為他只不過小學畢業而已。

　　但這並沒有使他自此想以寫作為生，事實上，他一直對政治比對寫作有興趣得多，可是，這卻激發了他的上進心。他不想再當小工了，他想做個電工。他到電力公司跟老闆說：「我可以一面工作一面學。」老闆立刻雇用了他。他這個人一旦下定決心要做什麼，總是拼了命的全力以赴，設法做得最好。可是，才做兩個月，別人告訴他：老闆用他一人抵兩人用，而被開除的那兩個人中，有一位回去無法面對妻子兒女，就自殺死了。

　　這對他的打擊極大（日後在他的書中也一再提起），他不但辭工不幹了，而且加入一群無業遊民，沿著鐵路到紐約去。他想知道：他身邊發生的這許多不幸，到底是只有奧克蘭才這樣，還是全美國都這樣？結果發現到處都差不多，那是個經濟不景氣的時代。

　　他有時坐霸王車，有時找不到零工可做，居然要向人「乞討」食宿。這一路上，流丐似的辛苦與羞恥的生活，一方面把他隨機應變、亂編故事的本事訓練出來，一另方面也使他覺

悟：還是唯有讀書，讀個文憑出來，才容易找事，也才有前途可言。正當他想回家，在美國跟加拿大的邊界水牛城裡，他被捕了，那個年代在街上遊蕩是犯法的。法官判了他三十天的獄中勞改。

出獄後，他從加拿大上船到溫哥華，再輾轉回到了他的老家奧克蘭。他發誓：要去上大學。

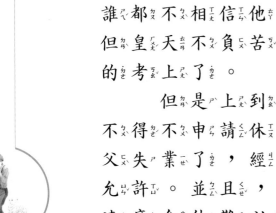

傑克‧倫敦一面當校工，一面在奧克蘭高中苦讀。同學們都比他年輕，他加快腳步的讀讀讀，把自己埋在書堆裡，每天讀十九小時，四個月內就把兩年的課全部讀完。再以同等學歷報考了柏克萊的加州大學。誰都不相信他會被錄取，但皇天不負苦心人，他真的考上了。

但是上到大二時，他不得不申請休學。因為養父失業了，經濟上實在不允許。並且，教授教課的速度令他難以忍受。他從小就會利用圖書館自修，進了大學，他覺得人家要修一學期的課，他自己在圖書館裡念幾個星期就成了，所以對大學教育感到失望。

傑克‧倫敦又有點兒自以為是，有時候站在裝肥皂的木頭箱子上，當街演講，專門跟政府唱反調。因為他的口才好又行過萬里路，只要他一演

講就會招來許多人。警察對他相當頭痛，終於有一次以需要先申請執照為由將他拘捕，他才收斂了點兒。

好在，當時在阿拉斯加發現了金礦的消息，造成舊金山又一次的淘金熱潮，傑克·倫敦這個對發財如飢似渴的人，很自然的就跟著一群狂熱分子登上了開往阿拉斯加的輪船。

3. 寫作的歲月

　　阿拉斯加的日子，簡直不是人過的。在狼與狗之間，他的淘金夢徹底的幻滅了。雖然沒有找到金子，但他帶回來一箱子比金子還好的東西：他在這段時期所寫的日記。

　　他襤褸不堪的回到家中，養父已經去世。他又開始到處去找工作。工作比以前更難找，他連清洗地毯的工作都接受了。

　　同時，他也打開日記本，每天每天的寫，寫了幾百篇：故事、詩、論文、札記，什麼都寫。他完全不懂得投稿的門路，只是不停的寫，不停的寄。有時要進當鋪，甚至還把心愛的腳踏車都賣了。稿子寄去又退回來，退回來再寄，一直到他連郵票都買不起為止。按照當時報社的行情，他以為每千字至少可以得稿酬十元。命再不好，稿酬算起來還拿一毛錢一小時的話，他也滿足了，他現在已經成熟

而ㄦ 穩ㄨㄣ 健ㄐㄧㄢ ， 有ㄧㄡ 了ㄌㄜ 人ㄖㄣ 生ㄕㄥ 的ㄉㄜ 方ㄈㄤ 向ㄒㄧㄤ 。

　　誰ㄕㄟ 知ㄓ 道ㄉㄠ ， 在ㄗㄞ 一ㄧ 八ㄅㄚ 九ㄐㄧㄡ 九ㄐㄧㄡ 那ㄋㄚ 一ㄧ 年ㄋㄧㄢ 裡ㄌㄧ ，

他ㄊㄚ 一ㄧ 共ㄍㄨㄥ 去ㄑㄩ 郵ㄧㄡ 局ㄐㄩ 寄ㄐㄧ 過ㄍㄨㄛ 二ㄦ 百ㄅㄞ 八ㄅㄚ 十ㄕ 七ㄑㄧ 次ㄘ 的ㄉㄜ 文ㄨㄣ

章ㄓㄤ ， 但ㄉㄢ 收ㄕㄡ 到ㄉㄠ 的ㄉㄜ 退ㄊㄨㄟ 稿ㄍㄠ 信ㄒㄧㄣ 就ㄐㄧㄡ 有ㄧㄡ 二ㄦ 百ㄅㄞ 六ㄌㄧㄡ 十ㄕ 六ㄌㄧㄡ

封（現在都存在奧克蘭的傑克‧倫敦紀念館裡）。他收到的第一筆稿費只有五元，是篇兩千一百字的小說，比他小時候當小工的工資還不如。他真是洩氣極了，準備放棄寫作。於是他轉而投考郵差的工作，以第一名的最高成績被錄用，月薪是六十五元。

正當他要去郵局報到時，他收到了「黑貓」雜誌社的來信：

「大作《千種死亡》擬用，如肯授權讓我們刪成兩千字，即奉上支票四十元。」

他大喜過望，但也非常痛苦，因為他面臨了一生中最難做的決定。

當郵差，收入穩定，立刻可以脫離飢寒的邊緣。但那種按部就班、規規矩矩的生活，他一想到就要窒息。可是，寫作能否成功，他卻一點兒把握都沒有。自己挨餓也就罷了，母親怎麼辦？

他的母親，一輩子好像就只做對了這一件事。她對兒子說：

「做你愛做的事，不必管我們的生活，這麼多年的貧苦，我們不都混過來了嗎？」

　　就這樣，他全心全力投入了寫作
這一行。

　　他一旦下了決心，拼死拼活非做
到全力以赴不可。

　　他開始檢討自己的寫作風格，並

選定了只寫小說。他變聰明了，知道自己在哲學、生物學和社會學方面雖然書讀了許多，到底不如人家學者們深入的研究；他也知道走上街頭叫嚷著革命，也無濟於事。他要學著把思想融進他的故事裡，讓更多的人知道他、喜歡他，他才有說話的份量。

他是對的，接下來的幾年，他靠寫作得來的收入，的確比當郵差的薪水多多了。

一九〇〇年，他寫了《狼子》，一九〇三年寫的《野性的呼喚》，一九〇四年寫的《海狼》，一九〇五年寫的《白牙》，這些以大自然為背景的小說，都成了暢銷書，他當作家的美夢終於成真。他不但成了全美國的作家，也成了享譽歐洲的作家。

後來，他在《鐵跟》（一九〇七年）書前把書題獻給馬克思，而在蘇俄引起轟動，被尊為美國無產階級文學之父。

一九〇八年，傑克·倫敦在《太平洋月刊》連載一個長篇小說：《馬丁·伊登》，這是他寫得最長的一本書，不但拿的稿酬是全國之冠，出版

的測試時，元的猜局當百者結他了者光見。一九一三年，他寫的自傳小說：《約翰·巴力康》所引起的風波，那就更寫的有趣是他自己酗酒，可是有趣是他痛苦當時的宗當手戒酒人商為就罵家的也得被團體作了，拿來宣傳勸酒。酒大，他然賺錢們卻慌命，他當不吵氣，愈名大多也更

社還懸賞，五讀獎金丁最後的見光馬什麼多讓可風

後來美國頒布了禁酒令，他這本書的影響真的很大。

　　後來，他有了錢，還出來競選過奧克蘭市長，代表的是民主社會黨，雖然只得到很少的票，但加州有個民社黨倒是全國都知道了。不過他付出的代價極高，因為自此之後，他失去了很多朋友，而且永遠給排擠在美國上流社會的門外。美國人是無法接納他那半路出家又想發財、又想共產的不倫不類的社會主義的。

傑克‧倫敦

4. 理想與現實的困境

　　從阿拉斯加回來後不久，傑克‧倫敦認識了貝絲。貝絲，是他朋友的未婚妻，可是朋友早死，他常常過去安慰她。安慰之情漸漸變成了愛情，兩人很快就結了婚。

　　貝絲是一個很獨立的女子，在中學教數學，還是個很好的祕書人才。後來傑克‧倫敦有很多的文稿，其實都是貝絲修改、打字，代為投寄出去的。貝絲還為他生了兩個女兒。

　　可惜，傑克‧倫敦成名之後愛上了別的女人：霞敏，後來做了他的第二任太太。

　　貝絲對於傑克‧倫敦的只能共患難不能共安樂，非常的痛心與痛恨，所以離婚時只提出兩樣條件：一是兩個女兒跟他斷絕關係，二是傑克‧倫敦的錢，她分文不要。

女兒是傑克‧倫敦的最愛，他起先以為貝絲在氣頭上，以後就好了。沒想到，離婚後，女兒生日時，他寄去禮物，禮物被退回；寄去現款，現款被退回。有時實在太想念女兒，他偷偷去學校門口等她們放學，可是，女兒卻對他說：

「爸爸，以後不要再來了，媽媽會傷心的。」

這是他一輩子最難過的事，死前數年，他最想念的就是那一段他一生中最正常的家庭生活。可惜，他這時已身不由主。每天找他借錢，請他幫忙找工作的，甚至

就住在他家吃喝的人，不知有多少。

最後，為了實現他理想中的大同世界，他在舊金山北面索羅馬縣的格南愛倫鎮買了一個大農場，像「人民公社」似的給所有來找他的無業遊民安頓生活。他給他的牧場命名為「美的牧場」，想給自己蓋一個石頭建的大屋子叫它「狼舍」。

狼，是傑克‧倫敦最喜歡用的比喻。牠是種殘忍而貪婪的哺乳動物。在還沒有開發之前，阿拉斯加一帶的印地安人，稱那些逐漸入侵的白人為狼。

像傑克‧倫敦這樣一個在少愛又貧困的環境中長大，又為飢餓所迫，不惜說謊、偷盜、挺而走險過的人，從金錢的夾縫裡所看到的這個世界，的確不難理解為什麼他會聯想到弱肉強食、同類相殘的「狼世界」。

然而，他卻是個軟心腸的狼。在《野性的呼喚》中的那隻狗巴克，其實才是他的寫照。

「美的牧場」和「狼舍」，是傑克‧倫敦把一生的心血和財力都投注在上頭的地方，是馬克‧吐溫天天攻

擊他的地方，也是馬克思的信徒們引以為恥的地方，但是，傑克‧倫敦最有人性的地方，其實也在這裡。

當時別人都說他做了大資本家，過起享樂主義的生活來了。但是，他不過天真的想在自己的一片土地上，做他自己那不倫不類的社會主義的實驗罷了。

他講慣了義氣，既然自己已經成了「無產階級」的代言人，加州有些囚犯時常給他寫信，因為那時候若是在社會上能找到一個工作，就可以獲得假釋。你想，傑克‧倫敦還會不理嗎？外州來加州找工作的，有的把妻子兒女往他那裡一丟就跑掉了，他又能怎樣？還有人要「賣」故事給他去寫的，他不但要付錢，還要付出極大的耐心聽下去。

但這一切，他都認了。整天坐在打字機前，從前是讀讀讀，現在是寫寫寫。名義上是富人，實際上負債累累，永遠都欠出版商的稿。而住在他農場的一大堆閒人，誰都覺得那是應該的。

有一次，他的馬要換個馬蹄鐵，

自稱做過鐵匠的那一位，就拍拍胸脯說：

「沒問題，交給我好了。」

傑克‧倫敦很高興，還跟他太太霞敏說：

「妳看，養兵千日，用在一時，可不是嗎？」

過了幾天，傑克‧倫敦把馬牽了過去，那位先生拉起馬腳，比過來比過去，他做的鐵蹄實在是太小了，於是，他面不改色的說：

「做小了點兒，問題不大，我來把馬蹄削小一點就好了。」

傑克‧倫敦還得婉轉謝絕一番，再找專人去做。

他養豬，豬生了瘟疫；他養馬，用血統純正的馬來配種，付的是高價錢，但卻給朋友騙了配不出好馬來；十棵樹，要花十天的功夫才砍掉；這一切，他能不認了嗎？太太氣得天天抱怨，他不是不清楚，但是他年輕氣盛，朋友不都是他的「同志」嗎？有飯，為什麼不能大家吃，有酒，為什麼不能大家喝呢？

傑克‧倫敦漸漸的對他熱衷的主

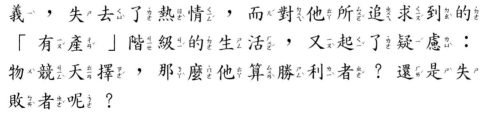

義，失去了熱情，而對他所追求到的
「有產」階級的生活，又起了疑慮：
物競天擇，那麼他算勝利者？還是失
敗者呢？

　　他的狼舍，結果在他準備搬進去
的前一天的夜裡，被人縱火燒成了灰

爐。警方明知是有人故意放的火，但他的敵人太多，竟找不到元兇。

狼舍一夜之間，變成了灰爐。一夜之間，他忽然明白：他所獻身的社會黨，不是他的朋友，他們譏笑他所過的是資本家的生活；一夜之間，他忽然明白：接受他不停給與的人，不是他的朋友，他們不過是看在錢的份上，在他最得意時，盡點鼓掌的義務而已；一夜之間，他的個人主義、理想主義，孤獨的、負債累累的全部崩潰了。

那天早晨，傑克‧倫敦在只剩焦土一片的狼舍殘骸中默默的巡視，他發現那些應當用九分木的地方只用了二分板，應當用防火材料的地方全都沒用上，他的錢都給瓜分到哪兒去了呢？在那原以為該是實心的牆壁間，他看到的是無數他的工人朋友們喝的空啤酒罐。那種受騙與被出賣的椎心之痛，使傑克‧倫敦流下了眼淚。如果此時他還年輕，如果他還有精力，他會駕

著他自製的小船揚帆而去。不過，他心灰意冷、痛苦不堪。一夜之間，他覺得再也打不起精神來過日子了。

「美的牧場」和「狼舍」，成了傑克‧倫敦自己對自己的一種悲劇性的諷刺。

不到兩年，傑克‧倫敦就死在那片廢墟上，只有四十歲。應當是一頭壯年的狼才是，但他頭也不回的離開了人世。除了五十本書，他還留下一個吸毒過量、不知是否自殺的謎語，像他的生父究竟是誰一樣，讓他的讀者自己去猜測，他在狼與狗之間，靜靜躺下，像個男子漢那樣。

傑克・倫敦
Jack London

傑克‧倫敦 小檔案

1876年　1月12日，生於美國的舊金山。

1883年　家境貧窮，幫父母做苦工。

1888年　當全職工人。平時最愛上圖書館讀書。

1890年　加入搶蠔黨，被封為「盜蠔王子」。後來改邪歸正，當了海岸巡邏隊的副警長。

1893年　參加報上的小說徵文比賽，得到第一名。

1894年　隨無業遊民沿鐵路到紐約去，到水牛城時，因遊蕩被捕。

1895年　一面在奧克蘭高中苦讀，一面當校工。

1896年　以同等學歷考上加柏克萊加州大學，但為負擔家計，中途輟學。

1897年　前往阿拉斯加淘金。

1898年　淘金夢碎，抱病返回奧克蘭從事寫作。

1900年　第一部短篇小說集《狼子》出版。與貝絲結婚，育有二女。

1903年　刊行小說《野性的呼喚》，一躍成名。與貝絲離婚。

1904年　小說《海狼》出版，為其代表作之一。

1905年　與霞敏再婚，定居於舊金山北面索羅馬縣的格南愛侖鎮。完成《白牙》。

1907年　完成小說《鐵跟》，在書前題獻給馬克思，被俄國尊為美國無產階級文學之父。

1908年　連載長篇小說《馬丁‧伊登》，稿酬為全美之冠。

1913年　自傳體小說《約翰‧巴力康》出版。

1916年　11月22日去世。

我跟傑克・倫敦的女兒合照了一張相片

▲傑克・倫敦理想
　的住宅，在要搬
　進去之前失火燒
　盡。（唐孟湘攝）

一九八七年夏天，隱地第三次到美國來玩時，因為舊金山一般該給觀光客們看和玩的地方都帶他去過了，想到他是作家，就決定帶他去幾個加州作家的故居看看。

美國加州，有過兩位得諾貝爾獎的作家，一是約翰・史坦貝克，一是尤金・歐尼爾。史坦貝克出生的地方，房子太漂亮了，反而平凡。歐尼爾，因為在加州住得不久，房子過於簡陋，也沒什麼好看的。只有土生土長的傑克・倫敦，他的「美的牧場」和「狼舍」，已規劃為傑克・倫敦州立公園，真是值得一看。

先在索羅馬一家法國小館，露天的餐桌椅上，吃了一頓排列得如同圖畫一般的午飯，帶著葡萄酒的微醺，我們朝傑克・倫敦州立公園駛去。路兩邊種的都是做酒用的葡萄。上到傑克・倫敦的牧場，卻見一片樹林，雖然「狼舍」已是一片焦土，而傑

克‧倫敦的墓園，只有一塊巨大的岩石，上面爬滿了青苔，簡單的寫著：傑克‧倫敦葬此。但仍有些幽靜的淒美，使人興唏噓之情。

真正的驚喜，卻發生在我們由牧場下山的途中，在格南愛侖小鎮附近的路左，我們看到的一家「傑克‧倫敦書屋」。

外表上看起來，那不過是一家賣舊書的小書店而已，店裡擠滿了無秩序的書。書架和書架之間，還有隻大公雞走來走去，兩隻大黃貓懶懶地躺在書櫃上，一隻是真的，一隻竟是幾可亂真的假貓。跟城裡的書店，很不一樣。

等我們在店裡稍一巡視，就發現這間書店是傑克‧倫敦專賣店，除了出售跟傑克‧倫敦有關的東西之外，其他什麼都不收。而且它收集的傑克‧倫敦的手稿和有關傑克‧倫敦的一切資料，全世界各國文字的都有，簡直豐富得驚人。

由於太好奇了，我就故意去找店主攀談。

原來他自小是個傑克‧倫敦迷，退休前是在廣告公司工作，業餘花了十八年的工夫給傑克‧倫敦寫了本傳記。我立刻買了本他的書，請他簽名。這個人，真是可愛之至。

▼傑克‧倫敦到阿拉斯加去淘金時所住的小木屋，現放到奧克蘭的傑克‧倫敦廣場，供永久保存。（唐孟湘攝）

▲傑克・倫敦的墓地。
（唐孟湘攝）

他還說：「我退休之後，就決定要開個傑克・倫敦專賣店，而且要開在他最愛的索羅馬農莊上。愛上這樣一位出色的作家，使我的生命變得充實而愉快。」

正說著話的時候，門口進來了一位白髮、戴助聽器、胖胖的老太太，那位書店老闆說：

「你看，傑克・倫敦的女兒來了。」

起先，我以為他跟我開玩笑，後來知道是真的，我差一點沒有昏倒，簡直高興得不得了。

那位老太太已經八十歲了，說起傑克・倫敦來，還爹地、爹地的，我覺得好好玩啊，好像我自己都被傑克・倫敦寫入他的小說裡去了。

因為一切都不像是真的，連我這個最不愛照相的人，都主動問傑克・倫敦的女兒：

「可不可以跟我們合照張相片？」

她很高興的答應了。

如今，傑克・倫敦的女兒和那書店的老闆都先後去世了，那書店還繼續在開著，開在傑克・倫敦心愛的、傷心的、失敗的農莊上。

不，作為社會主義的實踐者，傑克・倫敦或許

是失敗的，但是，作為作家，他再成功也沒有了，
誰有他那樣的福氣，死後還得到這麼多的知己呢？

喻麗清

寫書的人

喻麗清

臺北醫學院畢業後，留學美國。先後在紐約州立大學、加州大學柏克萊分校任職，工作之餘修讀西洋藝術史。現定居舊金山附近。喜歡孩子，喜歡寫作和畫畫。雖然已經出過數十多本書了，詩、小說、散文、童書都有，但她覺得兩個既漂亮又聰明的女兒才是她最大的成就。

畫畫的人

錢繼偉

擁有多年的兒童繪本創作經驗的錢繼偉，喜歡用不同的造型風格來詮釋不同的童話故事；在色彩方面，擅長用水彩渲染，以甜美的色調帶領讀者進入抒情、詩意的世界，有時也用平面構成的畫面來營造一種安詳、平和的氣氛，很受兒童和媽媽的喜歡。作品曾獲得第六屆「五個一工程獎」（促進少年兒童文化發展的獎項）和多次的「中國圖書獎」。

錢繼偉最喜歡一邊聽莫札特的音樂一邊愜意地工作，餘暇時，喜歡閱讀各類書籍，更喜歡和小朋友一起在大自然中遊戲。

鄭凱軍

鄭凱軍擅長插畫、連環畫創作，他的作品題材廣泛，形式多樣，而構思獨特、幽默機智是其突出的風格，曾獲得「中國優秀美術圖書特別金獎」、「冰心兒童圖書獎」、「五個一工程獎」等多項大獎。根據他的作品《小和尚》、《萬國漂游記》改編的動畫，深受孩子們的喜愛。

藝術才華多方面的鄭凱軍，除了插畫，他長期在浙江醫科大學從事教育電視編導和電腦美術工作，並曾獲全國科普電視評比銀獎。

兒童文學叢書

文學家系列

每一個文學家的一生，都充滿了傳奇……

醜小鴨變天鵝——童話大師 安徒生

　　你有沒有為《賣火柴的小女孩》裡那個可憐的小女孩掉過同情的眼淚，有沒有笑過《國王的新衣》中愚笨的國王？這些故事都是一個世界上最會說故事的人所創造出來的，他，就是安徒生。

　　童話大師安徒生寫的故事人人愛看，可是最精彩的卻是安徒生自己真實的故事，他多才多藝，想像力十足，不但寫詩、寫劇本、自編自導自演，還夢想當歌星呢！這麼多彩多姿的一生，可不要錯過哦！

兒童文學叢書

• 小詩人系列 •

榮獲文建會、民生報、國語日報「好書大家讀」活動特別推薦
榮獲行政院新聞局第十六次推介中小學生優良課外讀物

打開詩的魔法書~

到大海去呀，孩子

到大海去呀，孩子！
波浪都舉著白旗子搖動，
太陽月亮都在注視你，
夢也在注視你，去將它實現。
海洋以她的洶湧澎湃，教你長大！